밤을 채우는

감각들

밤을 채우는
감각들

세계시인선 필사책

Emily Dickinson

Fernando Pessoa

Marcel Proust

George Gordon Byron

민음사

차례

"황홀한 경험을 맞이할 수 있도록 영혼의 문은
언제나 살짝 열려 있어야 한다."
　—에밀리 디킨슨

"나는 포르투갈어로 쓰지 않는다. 나는 나를 쓴다."
　—페르난두 페소아

"잠시 꿈을 꾸는 것이 위험하다면, 그 치료제는 적게
꿈꾸는 것이 아니라 더 많이, 항상 꿈꾸는 것이다."
　—마르셀 프루스트

"잉크 한 방울이 백만 명의 사람을 생각하게 할 수도 있다."
　—조지 고든 바이런

1부

고독은 잴 수 없는 것

에밀리 디킨슨
Emily Dickinson

에밀리 디킨슨   1830~1886

19세기 미국 시인. 청교도 집안에서 태어나 평생
독신으로 살며 성경과 신화, 셰익스피어를 즐겨
읽었다. 같은 시기 영국의 크리스티나 로세티와
자주 비견되며, 거의 매일 시를 쓰며 2000편에
달하는 작품을 남겼지만, 세상에 발표한 작품은
일곱 편 정도에 그친다. 주로 슬픔과 죽음, 영원
등의 주제를 다루었다.

소박하게 더듬거리는 말로

소박하게 더듬거리는 말로
인간의 가슴은 듣고 있지
허무에 대해 —
세계를 새롭게 하는
힘인 '허무' —

한 줄기 빛이 비스듬히

한 줄기 빛이 비스듬히 비친다.
겨울 오후 —
대사원에서 흘러나오는 선율의
무게와도 같이 짓누르며 —

그것은 굉장히 상처를 주는데도 —
상처 자국 하나 없어라.
그러나 교감이 이는 내면에선
천둥 같은 변화가 — .

아무도 그것을 가르칠 순 없다 — 아무도 —
그것은 봉인된 절망 —
대기가 우리에게 건네준
장엄한 고뇌 —

그것이 올 때면, 그림자들은 숨을 멈추고 —
풍경들은 — 귀 기울인다 —
하나 그것이 사라질 때면 — 마치 죽음의
얼굴 위에 누운 거리처럼 아득하여라.

미(美)를 위해 난 죽었지

미(美)를 위해 난 죽었지 ─ 허나
무덤에 안장되자마자
진실을 위해 죽은 이가
이웃 무덤에 뉘어졌지 ─

그이는 소곤소곤 내게 물었지, 왜 죽었느냐고?
"미를 위해." 난 대답했지 ─
"나 역시 ─ 진실 때문에 ─ 그러나 이 둘은 한 몸 ─
우린 형제로군." 그이는 소리쳤네 ─

하여 밤길에 만난 동포들처럼 ─
우린 무덤 사이로 얘기했네 ─
이끼가 우리 입술에 닿을 때까지 ─
그리고 우리 이름을 덮어 버릴 때까지 ─

가슴은 우선 즐겁기를

가슴은 우선 즐겁기를 바라지 —
그리곤 — 고통의 회피를 —
그리곤 기껏 — 아픔을 마비시키는
몇 알 진통제들을 —

그리곤 — 잠드는 것을 —
그리곤 — 심판관의 뜻이라면
죽을 자유를 —

month

day

희망이란 날개 달린 것

희망이란 날개 달린 것.
영혼의 횃대 위를 날아다니지,
말없이 노래 부르며
결코 멈추는 법 없이.

바람 속에서도 달콤하디달콤하게 들려오는 것.
허나 폭풍은 쓰라리게 마련.
작은 새들을 어쩔 줄 모르게 하지.
그렇게도 따뜻한 것들을.

차디찬 땅에서도 난 그 소리를 들었지.
낯선 바다에서도.
하지만, 궁지에 빠져도
희망은 나를 조금도 보채지 않네.

_____

_____

사라지며 더욱 아름답게

사라지며 더욱 아름답게 ― 낮이
어둠에 잠기듯 ―
태양의 얼굴은 반쯤 ―
멈칫멈칫 ― 떠나지 않으며 ― 소멸하며 ―

다시 빛을 모으네, 죽어 가는 친구처럼 ―
찬란한 변신에 괴로운 채 ―
오직 더욱 어두워지게 하면서
소멸하는 ― 뚜렷한 ― 얼굴로 ―

month

day

추억으로부터 우리 달아날 날개가 있다면

추억으로부터 우리
달아날 날개가 있다면
무수히 날게 되리라.
느리디느린 사물에 익숙해지며
놀란 새들은
인간의 마음으로부터
달아나고 있는 자들의
움츠린 커다란 포장마차를
빤히 바라보게 될 것을.

month

day

저 하찮은 돌멩이들은 얼마나 행복할까

얼마나 행복할까 저 하찮은 돌멩이들은
길 위에 홀로 뒹구는,
성공을 걱정하지도 않으며
위기를 결코 두려워하지도 않으며 ―
그의 코트는 자연의 갈색,
우주가 지나가며 걸쳐 준 것
태양처럼 자유로이
결합하고 또는 홀로 빛나며,
절대적인 신의 섭리를 지키며
덧없이 꾸밈없이 ―

month

day

소멸의 권리란 분명

소멸의 권리란 분명
당연한 권리 —
소멸하라, 그러면 우주는
저쪽에서
저의 검열관들을 모으고 있으리니 —
그대 비록 죽을 수 없다 해도
자연과 인류는 분명
그대를 꼬치꼬치 검사하기 위해 기다릴 것을.

month

day

2부

시는 내가 홀로 있는 방식

페르난두 페소아

Fernando Pessoa

페르난두 페소아   1888~1935

―――――――――――――――――――――

―――――――――――――――――――――

포르투갈의 모더니즘을 이끈 시인. 평생 70개가
넘는 이명(異名)으로 문학적 인물들을 창조하여
작품을 썼다. 프로투갈어, 영어, 프랑스어 등 다양한
언어로 서로 다른 문체를 구사하였으며 시, 소설,
희곡, 평론, 산문 등 많은 글을 남겼다. 생전에
출간한 포르투갈어 저서는 『메시지』가 유일하며,
47세의 나이로 세상을 떠난 뒤 엄청난 양의 글이
담긴 트렁크가 발견되었다. 현재까지도 글의 분류와
출판이 이루어지고 있다. 그중 이명들의 스승이자
페소아가 "유일한 자연 시인"이라고 칭한 알베르투
카에이루, 그리스 철학을 애호하는 리카르두
레이스의 시가 필사책에 실려 있다.

양 떼를 지키는 사람

1
생각한다는 건
바람이 세지고, 비가 더 내릴 것 같을 때
비 맞고 다니는 일처럼 번거로운 것.

내게는 야망도 욕망도 없다.
시인이 되는 건 나의 야망이 아니다.
그건 내가 홀로 있는 방식.

_____

month

day

_____

양 떼를 지키는 사람

2
나의 시선은 해바라기처럼 맑다.
내겐 그런 습관이 있지, 거리를 거닐며
오른쪽을 봤다가 왼쪽을 봤다가,
때로는 뒤를 돌아보는……
그리고 매 순간 내가 보는 것은
전에 본 적 없는 것,
나는 이것을 아주 잘 알아볼 줄 안다……
아기가 태어나면서
진짜로 태어났음을 자각한다면 느낄 법한
그 경이를 나는 느낄 줄 안다……
이 세상의 영원한 새로움으로
매 순간 태어남을 나는 느낀다……

양 떼를 지키는 사람

7

내 마을에서는 우주에서 볼 수 있는 만큼의 땅이 보인다……
그래서 내 마을은 다른 어떤 땅보다 그렇게 크다,
왜냐하면 나의 크기는 내 키가 아니라
내가 보는 만큼의 크기니까……

도시에서는 삶이 더 작다
여기 이 언덕 꼭대기에 있는 내 집보다.
도시에서는 커다란 집들이 열쇠로 전망을 잠가 버린다,
지평선을 가리고, 우리 시선을 전부 하늘 멀리 밀어 버린다,
우리가 볼 수 있는 크기를 앗아 가기에, 우리는 작아진다,
우리의 유일한 부는 보는 것이기에, 우리는 가난해진다.

양 떼를 지키는 사람

44

나는 밤중에 갑자기 깨어난다,
내 시계가 온 밤을 채우고 있다.
저 밖에 있는 자연을 느끼지 못하겠다.
내 방은 희미한 흰 벽들에 둘러싸인 어두운 무언가.
저 밖에는 아무 존재도 없는 듯한 고요함뿐.
오로지 시계만 계속해서 소리를 낸다.
내 책상 위에 저 태엽으로 만들어진 작은 물건이
하늘과 땅의 모든 존재를 잠식한다……
이것의 의미를 생각하다 거의 나를 잃을 뻔한다,
그러나 불현듯 멈추어, 한밤중에 입가에 미소를 느낀다,
왜냐하면 내 시계가 자신의 작음으로 거대한 밤을 채우면서
상징하는 혹은 의미하는 유일한 것은
자신의 작음으로 거대한 밤을 채우는
이 신기한 감각뿐이니까.

사랑의 목동

5

사랑이란 하나의 동행.
이제는 혼자 길을 걸을 줄 모르겠어,
더 이상 혼자 다닐 수가 없어서.
어떤 선명한 생각이 나를 더 급히 걷도록
더 적게 보도록 만들고, 동시에 걸으며 보는 모든 걸 좋아하게
　　　만든다.
그녀의 부재조차 나와 함께하는 그 무언가이다.
그리고 난, 그녀를 너무 좋아해서 어떻게 욕망해야 할지도
　　　모르겠다.
그녀를 보지 못하면, 그녀를 상상하고 나는 높은 나무들처럼
　　　강하다.
하지만 그녀가 떠는 걸 볼 때면, 그녀의 부재를 느끼는 내게 무슨
　　　일이 생겼는지 모르겠다.
나의 전체가 나를 버리는 어떤 힘.
모든 현실이 한복판에 얼굴이 있는 해바라기처럼 나를 쳐다본다.

봄이 다시 오면

봄이 다시 오면
어쩌면 난 더 이상 이 세상에 없을지도 몰라.
이 순간 난 봄을 사람으로 여기고 싶어,
그녀가 자기의 유일한 친구를 잃은 걸 보고
우는 모습을 상상하려고.
하지만 봄은 심지어 어떤 것조차 아니지,
그것은 말을 하는 방식일 뿐.
꽃들도, 초록색 잎사귀들도 돌아오지 않아.
새로운 꽃, 새로운 초록색 잎사귀들이 있는 거지.
또 다른 포근한 날들이 오는 거지.
아무것도 돌아오지 않고, 아무것도 반복되지 않아, 모든 것이
    진짜니까.

만약 내가 일찍 죽는다면

나는 해나 비 아래 있는 것 외에는 바란 게 없었다 ─
해가 있을 때는 해를
비가 올 때는 비를 바라고,
(다른 것들은 전혀)
더위와 추위와 바람을 느끼길,
그리고 더 멀리 가지 않기를.

나도 한 번은 사랑을 했지, 날 사랑하리라고도 생각했지,
그러나 사랑받지는 못했지.
꼭 받아야만 하는 법은 없다는
유일한 큰 이유 때문에 사랑받지 못했지.

나는 해와 비에게로 돌아와 나를 위로했어,
집 문간에 다시 앉아서.
초원도, 결국, 사랑받는 이들한테는 그렇게 초록이 아니더라
사랑받지 못하는 이들한테만큼은.
느낀다는 것은 산만하다는 것.

어쩌면 오늘이 내 인생의 마지막 날

(시인이 죽은 날 남긴 말)

어쩌면 오늘이 내 인생의 마지막 날.
오른손을 들어, 태양에게 인사한다,
하지만 잘 가라고 말하려고 인사한 건 아니었다.
아직 볼 수 있어서 좋다고 손짓했고, 그게 다였다.

우리를 증오하고 질투하는 자만

우리를 증오하고 질투하는 자만 우리를
제한하고 억누르는 건 아니야, 우리를 사랑하는 사람이라고
　　　덜 제한하지는 않지.
신들이 허용하기를, 내가 정을
벗어던지고, 맨몸으로 정점의
　　　차가운 자유를 가지도록.
적은 걸 원하는 자는, 모든 걸 가지지. 아무것도 원하지 않는 자는
자유롭지. 아무것도 없고, 또 욕망하지도 않는 자
　　　그는, 신들과 다름이 없지.

month

day

셀 수 없는 것들이 우리 안에

셀 수 없는 것들이 우리 안에 산다,
내가 생각하거나 느낄 때면, 나는 모른다
생각하고 느끼는 사람이 누군지.
나는 그저 느끼거나 생각하는
하나의 장소.

나에게는 하나 이상의 영혼이 있다.
나 자신보다 많은 나들이 있다.
그럼에도 나는 존재한다
모든 것에 무심한 채.
그들이 입 다물게 해 놓고, 말은 내가 한다.

내가 느끼거나 느끼지 않는
엇갈리는 충동들이
나라는 사람 안에서 다툰다.
나는 그들을 무시한다. 내가 아는 나에게 그들은
아무것도 불러 주지 않지만, 나는 쓴다.

3부

시간의 빛깔을 한 몽상

마르셀 프루스트
Marcel Proust

마르셀 프루스트   1871~1922

제임스 조이스, 프란츠 카프카와 함께 20세기
현대문학을 열었다. 부유한 집안에서 태어나
소르본대학교를 졸업했으나 이렇다 할 직업 없이
지내다가 부모가 작고한 뒤 필생의 대작 『잃어버린
시간을 찾아서』에 몰두하여 '공쿠르상'을 받았다.
스물다섯의 나이에 습작을 엮어 첫 작품집 『즐거운
나날들』을 출간했으며, 이중 산문시를 엮은 것이
『시간의 빛깔을 한 몽상』이다. 음악적이며, 물결치는
몽상처럼 유연하고 시시각각 변하는 자연과 심정을
나타내는 시들로 이루어져 있다.

베르사유 궁전

저녁 6시쯤, 어두운 하늘 아래 온통 잿빛으로 헐벗은 튈르리 공원을 가로질러 갈 때면, 어스름한 나뭇가지들마다 강렬하게 스며 있는 절망이 느껴지고, 이때 갑작스레 눈에 띈 이 가을꽃 덤불은 어둠 속에서 풍요로운 빛을 발하며, 타 버린 재 같은 계절 광경에 익숙해진 우리 눈에 격렬한 관능적 쾌감을 안겨 준다.

산책

시월의 아름다운 밤, 실연과 우울로 죽을 것만 같은
창백하고 지친 하늘이 아니라, 눈이 시릴 정도로 파랗게
빛나는 발랄한 하늘. 이곳을 스쳐 지나가는 것은 상념으로
무거운 구름 그림자가 아니라, 회색, 파랑, 분홍빛으로
반짝이는 농어와 장어 또는 빙어의 미끄러지는
지느러미들이다. 기쁨에 취한 물고기들은 하늘과 풀밭
사이로, 그리고 봄의 정령(精靈)이 마치 인간의 숲인 듯
마술을 걸어 놓은 초원 안에서, 나무 숲 밑에서 달려가고
있었다. 물고기들의 머리 위로, 아가미 사이로, 배 아래로
시원하게 미끄러지는 강물은 하늘의 물길도 즐거이
달려가도록 노래하며 길을 내주었다.

음악을 듣고 있는 가족

음악의 찬란한 무한함과 그 신비스러운 어둠은
노인에게는 삶과 죽음의 광막한 장면이요, 아이에게는
미지의 바다와 육지에 대한 간절한 약속이다. 사랑하는
이에게는 신비로운 무한이자 사랑의 눈부신 어둠이 된다.
생각이 깊은 사람은 자신의 정신적 삶이 통째로 전개되는
것을 보아, 약해진 선율의 추락에서 자기 자신의 쇠약과
전락을 확인하게 된다.

꿈으로서의 삶

　욕망은 영광보다 더 우리를 도취시킨다. 욕망은 모든
것을 아름답게 꽃피우지만, 일단 소유하게 되면 모든
게 시들해진다. 마찬가지로 자신의 삶을 꿈꾸는 것이
현실에서의 삶보다 더 낫다. 되새김질하는 짐승의 우매하고
산만한 꿈처럼, 어둡고 무거워 신비감이나 명확성이
떨어질지라도 꿈은 좋은 것. 삶 자체가 어차피 꿈꾸는
것이긴 하지만 말이다.

month

day

유물

즐겁거나 신경질적인 그녀의 손길로 구겨진 주름들을
간직하고 있는 너희. 독서나 생활의 슬픔으로 그녀가
흘렸던 눈물들을 어쩌면 여전히 너희는 간직하고 있을지도
몰라. 그녀의 눈을 빛나게 했거나 눈부시게 했던 햇살
때문에 너희는 누렇게 변색되었지. 너희의 비밀이 혹시나
드러날까 봐 안절부절못하며, 손을 떨면서 말없는 너희를
어루만진다. 아아! 어쩌면 매혹적이지만 취약한 존재인
너희처럼, 그녀도 자신의 우아함에 대해 무관심하고
알아채지 못했을지 몰라. 그녀의 아름다움이 실상은 나의
욕망 안에서나 존재했기 때문이지. 그녀는 자신의 삶을
살았지만, 어쩌면 나 혼자만 그녀의 삶을 꿈꾸었기에.

month

day

우정

마음이 울적할 때 따뜻한 침대에 누우면 기분이
좋아진다. 머리까지 이불을 뒤집어쓴 채 더는 힘들게
애쓰지 말고, 가을바람에 떠는 나뭇가지처럼 나지막이
신음 소리를 내며 자신을 통째로 내맡기면 된다. 그런데
신기한 향기로 가득 찬 더 좋은 침대가 하나 있다.
다정하고, 속 깊고, 그 무엇도 끼어들 수 없는 우리의
우정이다. 슬프거나 냉랭해질 때면, 나는 거기에 떨리는 내
마음을 눕힌다.

두 눈이 하는 약속

사랑으로 끊임없이 타오르는 그들의 눈은 이슬 한 방울로도 촉촉해져서 눈물에 둥둥 떠다니거나 잠기기도 하면서 반짝거린다. 그러나 꺼지지 않는 그 눈빛은 때로는 비극적 불길로 세상을 경악하게 할 수 있다. 영혼의 소리를 따르지 않는 두 개의 쌍둥이 구체(球體). 영원히 식어 버린 우주 속 뜨거운 위성들인 이 사랑의 눈동자들은 생명이 다할 때까지 계속해서 기만하는 광채를 엉뚱하게 뿜어낼 것이다. 마치 가짜 예언처럼, 마음에서 우러나오지 않는 사랑을 약속하는 거짓 맹세 같구나.

month

day

달빛에 비추는 것처럼

사랑은 꺼져 버렸고, 망각의 문턱에서 나는 두렵다.
그러나 모든 지나가 버린 행복들과 치유된 고통들은
진정되고, 조금은 희미해지고, 아주 가까이 있으면서도
멀어져, 여기 달빛에 비추인 것처럼 어슴푸레해져서
지그시 나를 바라보고 있다. 이들의 침묵이 나를
감동시키는 동안, 그들의 멀어짐과 어렴풋한 창백함이
슬픈 시처럼 나를 취하게 한다. 하여 이렇게 마음속 달빛을
물끄러미 바라보는 일을 나는 멈출 수 없으리.

month

day

바다

대지와는 달리 바다는 인간들의 노동과 삶의 흔적들을 지니지 않는다. 어떤 것도 머물지 않으며 스치듯 지나가기에, 바다를 건너는 배들의 항적은 그 얼마나 빨리 자취를 감추던가! 이로 인해 지상의 사물들은 감히 꿈도 꾸지 못하는 바다의 엄청난 순수성이 생겨난다. 곡괭이를 필요로 하는 딱딱한 대지보다 바다라는 순결한 물은 훨씬 더 섬세하다.

4부

차일드 해럴드의 순례

조지 고든 바이런

George Gordon Byron

조지 고든 바이런   1788~1824

19세기 영국의 대표 낭만주의 시인. 괴테, 스탕달,
도스토예프스키 등 많은 예술가에게 영향을 주었다.
귀족 집안에서 태어난 바이런은 어릴 때부터
글쓰기에 재능을 보였으며, 케임브리지대학교에서
역사와 문학을 전공했다. 그러나 학업에 큰 관심을
두지 않았고, 자유로운 삶을 살았다. 그리스 문화를
사랑하여 1823년 그리스 독립 전쟁에 참여했다가
이듬해 열병으로 36세라는 젊은 나이에 세상을
떠났다.

앞날의 희망이 곧 행복이라고

1

앞날의 희망이 곧 행복이라고 말들 하지만
진정한 사랑은 과거를 아껴야지.
추억은 찬양하는 생각들을 일깨운다.
그 생각들은 처음 떠올라 ─ 맨 나중에 진다.

2

추억이 가장 아끼는 모든 것은
우리가 우리만의 미래로 희망했던 것.
희망이 경모(敬慕)하고 잃은 모든 것은
추억 속에 녹아들었다.

3

아아! 모든 것은 꿈이었다.
미래는 멀리서부터 우리를 속였다.
과거에 원한 것으로 우리는 될 수 없다.
현재의 우리를 감히 생각할 수조차 없다.

추억

모든 것은 끝났다, 꿈에 나타난 대로
미래는 희망에 빛나기를 그치고
　　행복의 나날은 다하였다.
불행의 찬바람에 얼어
내 인생의 새벽은 구름에 가려졌다.
　　사랑이여, 희망이여, 기쁨이여, 모두 잘 있거라.
　　추억이여, 너에게도 잘 있거라 인사할 수 있다면.

month

day

몰타섬에서 방명록에

차가운 묘비에 새겨진 이름이
우연히 지나가는 사람의 마음을 사로잡듯
그대 혼자 이 페이지를 넘길 때
생각에 잠긴 그대 눈에 내 이름 띄기를.

내 이름 그대가 읽을 날,
그것은 어느 먼 날일 것인지.
죽은 사람에의 추억처럼 나를 생각해 다오,
내 마음 여기 묻혀 있다고 생각해 다오.

오오, 아름다움 한창 꽃필 때

오오, 아름다움 한창 꽃필 때 앗기다니!
무거운 묘비 네 몸을 누르게 하지 않으리
　네 잔디 위에 장미를 기르리
　새로 피는 장미 잎과 야생 편백나무가
부드러운 어스름 속에서 흔들리게 하리.

가끔 저 맑게 흘러가는 시냇물 곁에서
　슬픔이 맥없는 머리를 기울이고
많은 꿈으로 깊은 생각 채우고
　잠시 머뭇대다 가벼이 걸어가리라
　우스운 녀석, 자기 발걸음이 죽은 너를 혼란시키리라는 듯이.

그만두어라, 우리는 알고 있다, 눈물이 헛됨을,
　죽음이 비탄에 마음 쓰거나 귀 기울이지 않는 것을
그 사실이 우리를 슬퍼하지 않게 할 수 있을까?
　애도하는 사람을 덜 울게 할 수 있을까?
그대, 나더러 잊으라 하는 그대
그대의 얼굴 창백하고 그대 눈은 젖어 있다.

내 마음은 어둡다

내 마음은 어둡다 ─ 오오, 빨리 울려 다오.
　　하프를 들으려는 이 기력 약해지기 전에
너의 상냥한 손가락으로 나의 귀에
　　던져 다오 부드러운 속삭임을.
이 가슴에 희망이 남아 있다면
　　너의 가락으로 다시 한번 불러 다오.
이 눈 어디엔가에 눈물이 아직 숨어 있다면
　　흘러나와 진정시켜 주리, 이 불타는 머리를.

거칠고 침통한 가락을 들려 다오.
　　기쁨의 선율을 먼저 들려주지 말아 다오.
하프 켜는 이여, 나는 울어야 한다.
　　울지 않으면 무거운 이 가슴 터지리라.
이 마음은 실로 슬픔으로 자라
　　오랜 불면의 침묵 속에 혼자 고통당했구나.
그리고 마침내 최악의 운명을 만나게 되었구나.
　　금방이라도 터질 듯하다 ─ 노래에 몸을 맡기지 않으면

다시는 방황하지 않으리

이렇게 밤 이슥도록
　우리 다시는 방황하지 않으리,
마음 아직 사랑에 불타고
　달빛 아직 밝게 빛나고 있지만.

칼날은 칼집을 닳게 하고,
　영혼은 가슴을 해어지게 하는 것이니
마음도 숨 돌리기 위해 멈춤이 있어야 하고,
　사랑 자체에도 휴식이 있어야 하리.

밤은 사랑을 위하여 이루어진 것,
　그 밤 너무 빨리 샌다 해도
우리 다시는 방황하지 않으리
　달빛을 받으며

순례에 나서다

4

차일드 해럴드는 영화의 한낮을 누렸지.
햇빛 속에서 파리처럼 즐기며
자기의 짧은 하루가 끝나기 전
한 줄기 돌풍이 춥고 비참하게 하리라는 것을 생각지도 않고.
인생 칠십을 셋으로 나눈 그 하나도 지나기 전에
재화(災禍)보다 더한 일이 그에게 떨어졌지.
그는 모든 쾌락에서 싫증을 느꼈어.
살던 곳에서 더 살고 싶지 않았어.
살던 곳이 수도사의 슬픈 방보다 더 적적히 느껴졌어.

이별

2

잠시 때 지나면 해는 다시 뜨고
　　내일이 태어난다. 나는 기쁨으로
바다와 하늘을 맞으리라.
　　그러나 고향의 땅은 어찌하랴.
내 그리운 집에 인적 끊기고
　　벽난로 가는 황폐하리라.
무성한 풀은 벽을 에워싸고
　　내 개가 문간에서 짖으리라.

month

day

이별

10

자, 나의 작은 배여, 너와 더불어
　어서 가자, 거친 바다를 가로질러
다시 고향만 아니라면
　어느 나라로 날 싣고 가든 상관없다.
오너라, 어서 오너라, 검푸른 파도여,
　이윽고 그 파도 내 눈길에서 사라질 때
오너라 사막도 동굴도.
　고향이여, 잘 있거라!

NOTE

month

day

month

day

month

day

month

day

month

day

month

day

month

day

month

day

month

day

강은교

연세대학교 영문학과 및 같은 대학원 국문학과를 졸업했으며, 1968년《사상계》
신인문학상으로 등단했다. 시집『바리연가집』,『초록 거미의 사랑』등을
지었으며 산문집으로『젊은 시인에게 보내는 편지』등이 있다. 한국문학작가상,
현대문학상, 정지용문학상, 유심작품상, 박두진문학상, 구상문학상 등을
받았으며, 현재 동아대학교 명예교수이다.

김한민

포르투갈 포르투대학교에서 페르난두 페소아의 문학에 대한 연구로 석사
학위를 받았고, 리스본 고등사회과학연구원(ISCTE) 박사과정에서 인류학을
공부했다. 페르난두 페소아의 산문집『페소아와 페소아들』, 시선집『시가집』을
엮고 옮겼으며, 페소아와 그의 문학, 그리고 그가 살았던 리스본에 관한 책
『페소아: 리스본에서 만난 복수의 화신』을 썼다.

이건수

연세대학교 불문학과 및 같은 학교 대학원에서 수학하고, 프랑스
프로방스대학교에서 프랑스 현대시 연구로 문학박사 학위를 받았다. 현재
충남대학교 불문학과 교수로 재직 중이다. 본푸아 시집『움직이는 말, 머무르는
몸』, 보들레르의『벌거벗은 내 마음』,『라 팡파를로』,『우울의 고백』등을
번역했다.

황동규

서울대학교 영문학과와 같은 학교 대학원을 졸업하고 영국 에든버러대학교에서
수학했다. 1958년《현대문학》에서 시「시월」,「즐거운 편지」등으로 등단했으며,
『우연에 기댈 때도 있었다』,『오늘 하루만이라도』등의 시집을 펴냈다.
서울대학교 영문학과 교수를 역임했으며, 현대문학상, 이산문학상, 대산문학상,
미당문학상, 호암상 등을 수상했다.

밤을 채우는 감각들

1판 1쇄 펴냄 2022년 12월 15일
1판 2쇄 펴냄 2023년 4월 24일

지은이   에밀리 디킨슨 외
옮긴이   강은교 외
발행인   박근섭, 박상준
펴낸곳   (주)민음사

출판등록   1966. 5. 19. (제16-490호)
주소   서울시 강남구 도산대로1길 62
            강남출판문화센터 5층 (06027)
대표전화   02-515-2000 팩시밀리 02-515-2007

www.minumsa.com

ISBN 978-89-374-7599-3 (03800)

* 잘못 만들어진 책은 구입처에서 교환해 드립니다.

세계시인선 목록